シリーズ自句自解Ⅱ ベスト100

JikuJikai series 2 Best 100 of Mio Suga

菅美緒

ふらんす堂

目次

シリーズ自句自解Ⅱベスト100　菅　美緒

鳥雲に夕日吊されゐたるかな

1

初学の頃、「鳥雲に入る」という季語が理解出来なかった。
　晩春のある日、一人で上野に行った。日が傾きかけた頃、不忍池で急に大きな羽音がした。百羽以上の鴨が一斉に、渦巻状に舞い上がり、ある高度に達すると先頭が北を目指して直進し、あっという間に鴨の列が雲の中に入って消えた。薄曇の空には、ぼんやりと夕日がぶら下っていた。

（『諸鬘』昭和四九年）

滝三つ見て身の内に春の冷え

2

教員時代、職員旅行で伊豆へ行き、河津七滝巡りをした。三月の末だったこともあり、三つぐらい巡ったところで、身の芯に滝の冷えが滲み込んで来た。しかし、冬の冷えとは違って、まわりの風景に春の息吹が感じられる、心地よい冷えであった。

（『諸鬘』昭和四九年）

柚子湯あふれしめもう父と入らぬ子

3

私には二人の娘がいる。赤ん坊をお風呂に入れるのは主に夫の役目であった。男の方が掌が大きく赤ん坊の頭を安定的に摑みやすいからである。それが慣いとなって大きくなってからも、しばしば夫に入れて貰った。ところが、小学校の高学年になる頃、娘はぱったりと、父親と入らなくなった。

二人とも、そうであった。

（『諸髪』昭和五〇年）

春炬燵母は生涯能登なまり

4

母は明治三十五年、能登生れである。故郷で二十年を過し、その後京都に約四十年、私の都合で神奈川に来て貰い、約三十年を過した。従って母の言葉はごちゃごちゃである。

神奈川に来てからの母は、自分では東京弁を使っているつもりだが、人様からは「関西御出身ですか」と言われる。親戚の者が来ると、能登弁になる。生涯、どこかに能登なまりが残っていた。私は母の実家に疎開していたので、能登なまりも、なつかしい。（『諸蔓』昭和五一年）

さみしきとき男にはある懐手

5

懐手という言葉が好きである。小さな子供の懐手もかわいいが、やはり懐手は男のものだろう。

父は家では和服だったし、夫も四十代の頃、家では和服を着ていた。

男性が懐手をして、遠くを見ている姿はいいものである。心のどこかにさみしさを秘めているようにみえる。

（『諸髪』昭和五一年）

寂しさを身にためてゆく青野かな

6

私が定時制高校の教師をしていた時に修学旅行で行った北海道の景である。青函連絡船で行った。六月。新緑の候である。道内はすべてバスの旅で、かなり広範囲をまわった。行けども行けども青野。所々に見える開拓者の家には、決って門柱のようにリラの木が植えられていて花の盛りであった。

本土にない新鮮な喜びと共に、なぜか、しんしんと寂しさが身にしみた。

（『諸鬘』昭和五二年）

リラ冷えの街角に買ふ傷ぐすり

7

前句と同じく、北海道での作。ある一日、知床半島の首根っこにある斜里町に泊った。「シャリ」という町名の響きが気に入った。当時は淋しげな町で、「リラ冷え」という言葉がよく似合った。

「リラ冷え」と「傷ぐすり」はややつきすぎで、センチメンタルな感が否めないが、「リラ冷え」という言葉を是非使いたかった。

（『諸鬘』昭和五二年）

脚たたみ駱駝の眠る旱星

8

昭和五十二年八月、中央アジア（ブレジネフ政権時代のソ連圏のシルクロード）を旅した。サマルカンドやブハラという有名な古都にも行ったが、ある日の半日、砂漠の遊牧民の家を訪ねた。彼らはカザフ人で少年達は丸坊主だった。羊以外に、馬、驢馬、駱駝を飼っていた。その駱駝の子の何という愛らしさ。

ホテルで寝る前に、駱駝の親子のことを思った。

（『諸鬘』昭和五二年）

泣きたくて笑ってしまふふきのたう

9

能登出身の老夫婦が、私達の近くに住む長男一家の所に引っ越して来た。その婦人が時々母の所に話しに来るのだが、それは泣きたくて来るのだった。老年になってからの環境の変化、慣れない長男夫婦との同居。働き者の気丈な人だっただけに、ストレスも大きかったのであろう。ちらちら聞こえてくる話し振りは切なかった。

庭には、ふきのとうが顔を出していた。

（『諸鬘』昭和五五年）

がちゃがちゃの一息入れてゐるらしき

10

以前住んでいた一軒家の西側は小さな児童公園で、大木が二、三本あった。

季節が来ると、一本の木の根元あたりから轡虫の鳴き声が聞こえる。二階の部屋には西側に窓があるので、すぐそこで鳴いているかのようだ。よくそんな大きな音が出せるものだと感心して聞いてやる。時々一息入れる。そりゃそうだろう。聞いている方だって疲れるよ。

（『諸鬘』昭和五六年）

考への中途のごとき蔓

11

一軒家に住んでいた時、狭い庭だが色々な生きものが訪れてくれた。わが家の裏が公園でその向うが森である。そこからやって来るのだろうか。うちには池はないのに、蟇が時々いるのである。

庭の踏石の上で前足の片方だけ前へ出して何かを思い出したかの如く、じっとしている。

彼を驚かさないように、離れた場所から見守った。

（『諸鬘』昭和五七年）

埋火や灰によく字を書きし父

12

父は明治二十六年能登生れ。高等小学校しか出ておらず、読書はせず、新聞のみ丹念に読んでいた。自分に馴染みのない漢字に出会うと火鉢の灰の上に火箸で、その漢字を覚えるまで何度も書くのである。漢字が好きなのだろう。

ペンと紙を持って来ればよいのに、灰に字を書いて覚えられるのかしら、と子供心に思ったものである。冬の間、父の前には長火鉢があった。

（『諸鬘』昭和五七年）

藻の花や世に哲学のおとろへし

13

京都を離れ、神奈川に来てから、京都へは何十回行ったか知れない。一人で時間のある時は、銀閣寺から南禅寺へ行く疏水べりの道（いわゆる〝哲学の道〟）をよく歩く。西田哲学など読んだこともないし、若い頃サルトルの実存哲学をほんの少しかじっただけである。疏水に藻の花らしきものを見て、哲学も衰えたなあ、と呟いた。藻の花と哲学の関係は、自分でもわからない。

（『諸鬘』昭和五八年）

晩秋の湖チェホフの眼鏡かな

14

どこの高原だったか、晩秋の澄み切った小さな湖を見て、なぜか眼鏡をかけたチェホフの顔が浮んだ。

私達夫婦はチェホフが大好きである。夫はチェホフ全集を全巻読み、すべてをチェホフから学んだと言っていた。私はチェホフの小説は読んでいない。

私達は、いくたびチェホフの舞台を観たことだろう（来日のモスクワ芸術座も含めて）。

（『諸鬘』昭和五八年）

居間のこと御上《おうへ》と呼べり葭屛風

15

私は昭和二十年四月から二十一年五月まで、能登の母の実家に疎開した。炉を切った二十畳ほどの大きな板の間（居間）があり、家族はそこで食事をし団欒をした。その部屋は「おえ」と呼ばれていた。変な名前、と思っていた。「おえ」が「御上《おうえ》」の事で、土間に対して言う言葉だと知ったのは、何十年も後のこと。

三十数年後に母の実家を訪ねたのは夏で、広い「おえ」に葭屏風が立てられていた。

（『諸鬘』昭和五九年）

急がぬがよしとみくじや山桜

16

私はおみくじを引くのは好きではない。凶が出ると厭なのだ。小心者である。

走るのは子供の時から遅いし、手先も無器用で縫い物も料理も下手である。何をするのものろい。しかしそれが天から与えられたＤＮＡであれば、その自分を受け入れていくしかないのである。

たまたま引いたおみくじに「全て急がぬがよし」とあったので、妙に納得してほっとした気持で山桜を眺めた。

（『諸鬘』昭和六〇年）

気がつけばいつも小走り猫じゃらし

17

私より十歳ほど年上の従姉がアメリカ人と結婚して、ルイジアナ州の田舎の町に暮していた。彼女が久し振りに日本に長期滞在した折、我が家に来たことがあった。一緒に外出した。彼女は私を見て「何でそんなにちょこちょこ走るのよ。何を急いでるの」と言った。

私は、はっとした。私はいつも小走りに、せかせかと暮しているのだな、と思った。少し情なく、又、おかしかった。

（『諸鬘』昭和六一年）

犬ふぐり仁和寺の塀ながながと

18

この年の春、「杉」のつどいが嵯峨で行われた。一泊した次の日の朝、あたりを歩いた。仁和寺は御室にある真言宗の大寺である。句会を控えているのでゆっくり内部を見学している暇はない。長い塀沿いに歩いた。五線の入った立派な白い塀の裾に犬ふぐりがびっしりと朝日を浴びていた。美しかった。

意外にも、森澄雄先生は、『諸鬘』の序文でこの句を取り上げて下さった。

（『諸鬘』昭和六二年）

寺々のさくら祇園のさくらかな

19

前句と同時期の作。「杉」のつどいが終った後、もう一泊して敬愛する先輩と色々な所を巡り、最後に円山公園に来て枝垂れ桜を見た。色々な桜をどう表現していいかわからない。「祇園」というなまめかしい言葉を使ってみたかった。寺々の桜も捨てがたい。思い切って大雑把な句にした。

この句も澄雄先生が序文で取り上げて下さった。

（『諸鬘』昭和六二年）

考へるとき仰向けに夜の秋

20

夫は物理を教える高校の教師だったが、傍ら、地味な物書きであった。若い頃はチェホフに憧れて劇作家になるのが夢であった。一度は賞を貰い、劇団民藝で上演されたのだが、散文に転じた。

書斎に大きな机を置き、和室に小さな文机を置いていた。原稿用紙を前にして、畳に仰向けになり、大きな目を開けて天井を見つめていた。夏も終りに近い夜であった。

（『諸髪』昭和六二年）

声出して文読む父や夕朧

21

父は新聞しか読まない人であったが、筆まめで、よく手紙を書いていた。能登にいる伯父との手紙は、大むね候文だったようで、伯父から手紙が来ると、頼んでもいないのに、よく私達に読んで聞かせたものである。

「候文って聞いていて気持のよいものだな」と子供心に思った記憶がある。

（『洛北』昭和六三年）

新じゃがを丸ごとふかし巴里祭

22

四十年前、フランスのロワールの古城巡りをした時、田舎の小さなレストランで昼食を取った。非常に小さな新じゃがを、丸ごと大鍋に、肉や野菜と炒めたものが出た。蝶ネクタイをした老給仕人が「もっと食べて、もっと食べて」と言うのに閉口した。フランスではこんな小さな馬鈴薯を客に出すのか、と驚いた。

その時を思い出し、小さめの物を丸ごとふかして、庶民の巴里祭を思った。

（『洛北』平成元年）

鬼の子もわが庭のものの年を越す

23

小さな庭に色々な生きものが来てくれるが、蓑虫はなかなか着かなかった。この年小さな蓑虫が一つ、山茶花の枝に着いた。「鬼の子」という言い方が面白く、使ってみたかった。「鬼の子も我が家の子」というつもりである。世話のかからない子である。一緒に年を越した。

（『洛北』平成二年）

光見しか「おお」と涼しき声遺す

24

「九十三歳の母　臨終」の前書き。

母は、九十歳の時、脳出血で倒れ、入院し、三年間寝たきりとなった。初めは、字も読めたし話すことも出来たが、段々話すことが出来なくなり、声もほとんど出なくなった。

七月十二日、丁度私が病院にいた時、急にソプラノのような一筋の高い声を放った。あの世の両親や夫、兄姉達の姿が一瞬、光の中に現れたのではないか、と思った。

（『洛北』平成七年）

妻問ひの蜷なかなかに進みをり

25

蜷はよく見るが、動いているところを見るのはごく稀である。いつ動いてあのような蜷の道を作るのだろう。

ある句会場のすぐそばに小さな流れがあって蜷がいた。一匹が動いて真直ぐ進んでいる。きっと行く先に恋人がいるのだろう。じっと見ていた。彼の目的地をつきとめたかったが、句会の締め切りの時刻が迫っていて、それを果すことは出来なかった。

（『洛北』平成八年）

摘むころか明恵の寺の一番茶

26

京都郊外の三尾（高尾、槇尾、栂尾）の中で、栂尾高山寺が一番好きである。ここにある茶園は日本最初のものであるという。高山寺には何度も行っているが茶摘みの頃に行ったことはない。

　自分の家にいて、明恵を思い、高山寺を思い、小さな茶園を思い出して出来た句である。

（『洛北』平成八年）

ウイグルの踊り葡萄の房の下

27

十月に中国・新疆ウイグル自治区のシルクロードを巡った。

秋は実りの季節。棉の実をうずたかく積んだ荷車が行き交い、バザールには西瓜、メロンが転がり葡萄が山のように積まれていた。トルファンの郊外だったと思うが、村の一隅に、葡萄で飾り立てた小さな舞台が作られ、娘達がウイグルの素朴な踊りを踊って、観光客に見せていた。

（『洛北』平成八年）

夕焼のペルセポリスに祈る人

28

夏にイラン旅行をした。女性は、観光客さえもイスラムの服装をさせられた。髪をかくすスカーフ、臀部を覆うコート、ズボンの着用などが条件で色は派手でなければ黒でなくてもよい。レストランでは禁酒。

ペルセポリスの遺跡の丘で、夕日に向かって祈る若いビジネスマンらしき人がいた。西方に聖地があるからであろう。

仏教徒の私は、西方浄土を思った。

（『洛北』平成九年）

鯖雲の空動きゐる伽藍かな

29

初秋に高野山に行った。その目的の一つは西行庵がどのあたりにあったのかを尋ねることであった。彼はあちこちに庵を結んでその地に滞在したが、その根拠地を三十年間は高野山に置いていた。高野山では西行の存在は小さく、庵の痕跡はわからなかった。

高野山の伽藍の空を鯖雲がぐんぐん動いていた。まるで空全体が動いているかのようだった。（『洛北』平成一〇年）

木の柿と吊せる柿と冬に入る

30

立冬の頃、山梨県の塩山に行った。吊し柿を作っている最中であった。畑の木にもまだ沢山生っていた。「甲州百匁柿」という大型のもので美しく立派である。柿を捥ぐ人、庭で皮を剝く人（その手際のよさ）、吊す人。人々が躍動していた。

それら全体の景が、静かに冬に移っていくのであった。

（『洛北』平成一〇年）

子に詫ぶることのあれこれ雛納む

31

雛飾りの時は、娘達が手伝ってくれたのだが、何故かその日は、私一人で雛を片付けていた。

雛を一つ一つ紙に包みながら色々な事が頭を去来する。仕事にかまけて、子供達は母にまかせっ放しで、ろくに母親らしい事をして来なかった。娘達に詫びたい事があれこれと思い出された。

（『洛北』平成一一年）

曼珠沙華高きに瑠璃光如来かな

32

小田急沿線の伊勢原駅で下りて、バスでしばらく行くと日向薬師がある。頼朝も詣でたことのある古いお薬師で小高い山の上に堂がある。その裾の畦道は、曼珠沙華で一杯になる。

薬師如来は、東方浄瑠璃浄土の教主なのでその美しい言葉を使わせて貰った。

（『洛北』平成一二年）

ひと夜経て蟷螂向きを変へしのみ

33

色々な生きものが好きだが、蟷螂も好きなものの一つ。戸袋の下の壁にオオカマキリが逆さまに貼りついていた。しばらく見ていたが動かない。

翌朝見てみると、蟷螂はまだその位置にいたが、少し向きを変えていた。

死が迫っていたのだろうか。


（『洛北』平成一三年）

数へ日の仲見世をゆく老役者

34

私の住む神奈川県の小さな都市からは、浅草はかなり遠い。が、俳句を作りに何度も行った。年の市を見る吟行の時だったたか。仲見世を十人ほどの映画俳優がかたまって歩いて来た。そこに三國連太郎がいた。「釣りバカ日誌」の興行の成功祈願だそうである。東京の、浅草らしい光景だと思う。（『洛北』平成一三年）

息合ひて恋のむぐつちよ浮びけり

35

石神井公園での作。むぐっちょはカイツブリの異称。鳰は普通一羽でいることが多い。鳰は冬の季語だが恋の季節はやはり春である。早春の頃から何となく二羽でいるのを見かける。この句は四月下旬。寄り添った二羽が、一、二の三で同時にもぐり、同時に浮かび出た。

やや離れた位置から美しい声を交わしながら、すーっと寄り添う光景も楽しい。

（『洛北』平成一四年）

瑠璃光寺に生れてその色糸とんぼ

36

山口県の瑠璃光寺に一泊吟行で行った。この寺の本尊は、瑠璃光如来、即ち薬師如来である。美しい五重塔も有名である。

境内の隅の、小さな水場に糸蜻蛉が止まっていた。翅は透けてほとんど見えないほどだが、その細い胴体は美しい瑠璃色に輝いていた。五重塔よりこの糸蜻蛉に感動してしまった。

（『洛北』平成一四年）

兼好の墓を指しくれ松手入

37

吉田兼好は京都市右京区の双ヶ丘の麓の庵で『徒然草』を書いたと言われているが、墓がどこにあるかは、ガイドブックにはない。

夫と仁和寺あたりへ行った時、探してみた。タクシーの運転手も知らないというので適当な所で下りて歩いた。ある所で松手入れをしている人に尋ねると、「すぐそこ」と指してくれた。長泉寺という小さな寺である。戸を叩いて拝ませて貰った。

（『洛北』平成一四年）

京にあそび淡海へ帰る都鳥

38

鴨川沿いをタクシーで走っていた時だと思う。都鳥が群をなして、ある方向へ飛んで行く。運転手に「都鳥はどこへ行くんでしょう」と聞いた所、「都鳥は昼間は鴨川で遊んで夜は琵琶湖へ帰るんですよ」と答えた。

金持ちの近江商人みたいだなあ、と面白く思った。

（『洛北』平成一四年）

送り火の妙またたいてゐたりけり

39

夫が五山の送り火を見たことがないと言うので、送り火全部が見られるツアーに参加した。宿は京都駅に隣接するホテルグランヴィア。私が育った下鴨の家からは「大」は真正面に見えるのに、このホテルから見る「大」は横を向いているのにショックを受けた。「大」は力強く燃え、「妙」は儚げにまたたくばかりであった。

（『洛北』平成一五年）

人来ればば顔を見に来る鬼やんま

40

神奈川県中部にある大山《おおやま》（江戸時代中期より大山詣でが盛んになった）の中腹にある休憩地での作。林道を抜けて、その広場に入ると、鬼やんまが直進して来て私の顔にぶつかるかと思った。その途端、直角に曲ってどこかへ消えた。別の人が来ると、又現れてその人の顔を見て、一巡して消えて行く。

まるでその広場の管理人か御巡りさんのようだ。

（『洛北』平成一五年）

阿修羅像に夜は聞こえて鹿の声

41

奈良公園には何度も行っているが、鹿の鳴く声を聞いたことがない。観光客がいなくなった夕方から夜にかけて鳴くのだろうか。

興福寺の国宝館で阿修羅像を拝んだ時、ふと夜の闇に立つ阿修羅像を想像した。しーんとした闇を通して、この少年のような御像には鹿の鳴く声が聞こえるような気がした。

（『洛北』平成一五年）

秋雲を見るまなざしの遺影かな

42

「悼

畏友・梶千秋氏」の前書き。

梶さんは「雲母」から「白露」の同人。定時制高校教員時代の同僚である。彼は、文学、美術に造詣が深く、写真の腕前は玄人跣であったが俳句はやっていなかった。ある時職場に小さな俳句会が生れた。彼はすぐに入り、熱中した。私は「第二芸術の俳句やるの？」と愚問を発した。彼は「第一芸術としてやるんだよ」と低い声でぼそっと言った。

半年後、私もその仲間に入った。

（『洛北』平成一五年）

にんげんの影に傷みて寒牡丹

43

寒牡丹を見に行った時、白牡丹の花弁がいたんでいた。

本来は五月の初めに咲く筈の牡丹を、人間は自分達の都合と工夫で冬の最中に咲かせて喜んでいる。寒牡丹は精一杯咲いて多くの人間に見られ、その影に触られ、疲れていたんでいくのであろう。

五月の陽光のもとに咲く牡丹が萎れても散っても心の痛みを感じたことはない。

（『洛北』平成一六年）

世に遠くゐて寒晴れのふたりなる

44

「平成十六年一月十一日　夫入院」の前書き。

夫に黄疸が出て、胆管癌と診断された時、いきなり背中をどんと押されて、落し穴に落ちたような気がした。

年齢（七十歳直前）から言って手術は無理とのこと。当時は抗癌剤もなかった。

私は色々な本を読んで、現代医学では認められていない、免疫療法等の方法を必死で探した。（『洛北』平成一六年）

満開の梅になきがら帰り来ぬ

45

「平成十七年三月三日　夫逝く」の前書き。

色々な方法を試みて少しは夫の命を延ばすことが出来たかもしれないが、結局はホスピスに入った。

その日の午後、紅白梅の満開のわが家に帰って来た。

晴天であった。

翌、三月四日は朝から雪となった。（『洛北』平成一七年）

夫亡くてかたつむりに声掛けゐたる

46

夫の死後、ほとんど泣いていなかった。泣けなかった。身体中の涙と感情が凍てついた状態になり、心身不調に陥り、病院の色々な科を巡り歩いた。声も立てずに、わが家の庭の木にじっといる蝸牛に親近感を覚えた。

（『洛北』平成一七年）

遺されて生きる面倒椎の花

47

夫が逝って、悲しいとか淋しいという気持よりは、朝、目覚めるたびに、むなしさの大きな空白感が私を襲った。

なるべく夫の事は思い出さないように、感情は押し殺すようにして日々を過した。

段々、自分の存在も煩わしく、生きるのは面倒だなあ、と思った。

生命力の強い椎の花の香も鬱陶しかった。

（『洛北』平成一七年）

裏山も遺品の一つ木の芽張る

48

「旧白洲次郎・正子邸」の前書き。小田急線鶴川駅から少し離れた所に旧白洲邸がある。白洲次郎、正子については、夙に知られていて、誠に素晴しいカップルである。旧邸には色々な遺品が展示されている。

それらの遺品を拝観した後、ふと小さな裏山が目に入った。木の芽が吹いていていた。

この素朴な裏山も遺品の一つだと思った。

（『洛北』平成一八年）

安土城蜥蜴の口の中まつ赤

49

ある人の案内で安土のあたりを散策した。まだ四月の初め。穴から出たばかりのベージュ色の小さな蜥蜴が、石垣の上で日にぬくもっていた。友人の一人が一匹を捕まえた。私も真似て捕まえた。私に捕まるぐらいだから、蜥蜴の動きはまだ鈍い。その蜥蜴は大きな口を開けて私の親指を噛んだ。口の中がまっ赤だった。

信長の城跡で蜥蜴と触れ合ったことが面白く思えた。

（『洛北』平成一八年）

すぐそこに鳴きて河鹿のはるかなる

50

河

鹿の声は色々な場所で何度か聞いている。そのたびに句にするがうまくいかない。この時は、目をつむって周りの風景を消し、ひたすらその声に聴き入った。

宇宙空間のようなものが頭の中に拡がって遥かな思いになった。

（『洛北』平成一八年）

鯖運ぶ秋風京へ十八里

51

夫の妹夫婦に若狭の小浜に連れて行って貰い、鯖街道の起点となる市場に行った。そこに「京まで十八里」と書かれていた。

　京都の鯖は若狭から来る。取れたての鯖に塩をして、山道をえっさえっさと担いで十八里。京都に着く頃、丁度よい塩加減になるという。

　秋鯖は殊においしく京都では母がよく鯖寿司を作ってくれた。


（『洛北』平成一八年）

高空に鳶の声ある氷柱かな

52

湖北・菅浦での作。一月末だったたと思う。前日は曇時々雪であったが、この日は朝から晴れ上った。

湖辺の家の二階の軒下から大氷柱が垂れ下り、朝日を浴びて輝き、高空には悠然と舞う鳶の声があった。

あんな見事な氷柱を見るのは、昭和二十年の疎開の時以来であった。

（『洛北』平成一九年）

強霜の解くるや動く草の先

53

鎌倉の東慶寺にて。東慶寺は季節を問わずよく行く。朝九時半頃着いた。この寺の庭はすぐそばに小高い山があるため朝日の届くのが遅い。この日の庭は一面の強霜で何も動かない。どうしようもないので、しゃがみ込んで、変化を待った。しばらくして、強霜のほんの一部分が解け、一本の草の先が、ぴんと跳ね上がった。あ、草が生きている、と思った。

（『洛北』平成一九年）

江州の飯の旨さよ鮴《ごり》もあり

54

「晨」の同人総会。六月。近江での作。宿の朝食がおいしく、鯎の佃煮が出た。鯎というものを初めて食べた体験が嬉しかった。

近江の米のおいしさは関西ではよく知られている。今では「近江米」という名称が普及しているようだが、私の子供の頃は「江州米」と言った。

「江州《ごうしゅう》」という言い方が懐かしく、この言葉を使った。

（『洛北』平成一九年）

踊りをり腰の瓢箪もろともに

55

郡上八幡にて。

夕方、まだ明るい間の街路での踊りであった。中高年の、いかにも土地の男性らしい、素朴で滑稽味のある踊りに注目した。腰にくくりつけられた瓢簞が躍り跳ねていた。

（『洛北』平成一九年）

魚はみな眼《まなこ》をひらき十三夜

56

自宅での作。

晴れ渡った十三夜の月を見ていると、まなうらに海原が広がり、海中の魚達が目を開いて月光を感じている様子が浮かんだ。

（『洛北』平成一九年）

丹頂の夏の汚れの首伸ばす

57

井の頭公園での作。丹頂鶴は、北海道の草原が最も似合うのだろう。人間の都合で、大都会の端に飼われ、真白の首の羽毛が、夏の埃に薄く汚れていた。井の頭公園では、割に広い所に飼われていて、ゆったりと歩く姿が救いである。

（『左京』平成二〇年）

秋澄むや頬に観音ほどの笑み

「善光寺境内　森澄雄先生」の前書き。

十月に長野で「杉」のつどいがあった。前日であったか、善光寺境内で、車椅子の先生にばったり出会った。お言葉が不自由なので、簡単なご挨拶をしただけであったが、先生の頬のあたりに、かすかな微笑が浮かんでいた。

（『左京』平成二〇年）

ギヤマンの徳利もまた雛道具

59

「彦根城二句」のうちの一句。

まだ梅の開かない早春。彦根城には、彦根屛風や井伊家の雛が展示されていた。

雛道具の中のガラス製の徳利が目についた。当時としてはハイカラなものだったであろう。オランダ語のギヤマンという言葉もエキゾチックである。(『左京』平成二一年)

発掘の石に番号鳥の恋

60

浜離宮だったと思う。堀か何かが発掘されていて、大きな石に番号が付けられていた。

春たけなわ。あたりは、恋をする鳥達の声に満ちていた。

人間の姿は、私の視界から消えていた。

（『左京』平成二一年）

みつしりと白十字花沖縄忌

十薬はどこにでも咲くので、この句が出来た場所は覚えていない。十薬の匂いも嫌いではなく、特に花が好きである。

沖縄忌は六月二十三日。こちらは梅雨の最中である。雨に洗われて、密集して咲く白い花は凜としていて、生命力に満ちている。この頃いつも沖縄のことを想う。

（『左京』平成二一年）

摑まれし青大将の舌稚《わか》し

62

私達が吟行のためによく行く、横浜市のふるさと村。ここでは、保育園児の一団によく出会う。

やや小さな青大将を摑まえたのは、保育園の若い男の先生。先生は青大将を高々と掲げて、この蛇に触りたい人は並びなさいと言った。私も並んで触らせて貰った。

まだ幼い青大将は多くの人間に触られて、恐怖の悲鳴を上げていたに違いない。

その舌が、痛々しく、いとおしかった。


（『左京』平成二一年）

泥つけて蟹がぞろぞろ祭笛

佃島での作。佃祭の時であった。

島内の、ある水辺を覗くと、泥をつけた小蟹がぞろぞろと泥の上を歩いていた。赤い色をしていた。沢蟹というものは渓流に棲むと思っていたので、川の泥の上にいる蟹を見たのは初めて。祭笛に誘われて、泥の上を群をなして歩いているようで面白かった。

（『左京』平成二一年）

ひと雨の過ぎたる処暑の比叡山

64

京都市内の夏は非常に暑いが、さすがに比叡山は涼しい。盆を過ぎた処暑の頃、ひと雨が通り過ぎた後の、比叡山の杉木立のすがすがしさは、また、格別である。

「処暑」という季語は、私の好きな季語の一つである。

（『左京』平成二一年）

似顔絵の虚子の太首冬座敷

65

鎌倉・虚子立子記念館。一月。瑞泉寺を散策してこの記念館にて句会。どの部屋だったか、虚子の似顔絵の色紙が掛けられていた。昔の有名な漫画家の筆だったと思う。見馴れた写真とは違った味があり、その太首に虚子の図太さ、懐の深さが表われているように思った。

（『左京』平成二二年）

若鮎を火にのせ近江ことばかな

67

湖北、早春。長浜から菅浦へ行く途中、水鳥の観測センターに立ち寄った。冬の水鳥達はまだ沢山残っていた。

近くの小さな店で、若鮎を炭火で焼いて売っている。焼きたてを店先で食べた。若鮎は勿論だが、まわりの風景、人の言葉、水鳥達を含めたすべての空気がおいしかったと言うべきだろう。

（『左京』平成二二年）

アキ子星澄雄星逢ふ虫の夜

68

「悼　森澄雄先生（平成二十二年八月十八日）」の前書き。

先生御夫妻は非常に仲睦まじかった。アキ子夫人は素朴な人柄で笑顔の素敵な方だった。アキ子夫人は昭和六十三年八月十七日に急逝され、先生は八月十八日に逝かれた。師を失った悲しみよりも、お二人が宇宙のどこかできっと再会されるであろうことを願った。

（『左京』平成二二年）

玄関の魔除けの鈴も冬に入る

69

「冬に入る」の席題で作った句。

夫が逝ってからマンションに移った。玄関の把手にどこかの旅で買った鈴を吊っている。魔除けのつもりである。トルコで買った青い目玉のような魔除け。京都の晴明神社で買った魔除け札も玄関にある。

果して魔物は玄関から来るのだろうか。

（『左京』平成二三年）

太き根に絡む若き根あたたかし

70

写生という方法に魅せられて、物をよく見るようになって以来、どういう訳か、石や木の根のありようが面白くなった。

鎌倉あたりの小さな寺の、崩れそうな崖だったと思う。親にまとわりつく子供のように、太き根に絡みつく若々しい、細い根がかわいく思えた。日がよく当っていた。

（『左京』平成二三年）

すれちがふ一人は舞妓桜の夜

71

京都を一人で歩いて、暮れかかる頃四条通りを通っていた。すれ違う大勢の中に舞妓がいた。祇園の近くでは珍しいことではないが、桜の頃だったので京都らしい華やぎを感じた。

近頃は、京都以外の地方から、多くの少女達が舞妓修業のためにやって来るという。あの妓の故郷はどこだろう。

(『左京』平成二三年)

たんぽぽの絮とぶヒト科亡びしあと

72

蒲公英の絮といえば、強く印象に残っている景がある。

生徒達と行った北海道旅行の時、オホーツク海に沈みゆく大きな夕日を見た。その夕日に向かって、宿の庭の蒲公英の絮が一斉に飛び立って行った。目の前の蒲公英の絮を見ながらその景を思い出していた。

ヒト科が亡んだ後、蒲公英は鎮魂《たましずめ》の絮を飛ばしてくれるのではないだろうか。

（『左京』平成二三年）

草に寝て水の匂へる暮春かな

73

多摩川上流、羽村堰の更に少し上流だったと思う。水を見て、草に腰を下ろし、仰向けになり、草の匂いを嗅ぎ、行く春を心地よく思っていた。頭の中を去来するものは、何もなかった。

（『左京』平成二三年）

素戔嗚尊《すさのを》に樟や欅や若葉して

74

素

戔嗚尊は、京都八坂神社の祭神の一人で好きな神様である。が、この句は、東京近郊のどこかの素朴な神社での作。

大木の樟や欅の若葉が、力強い素戔嗚尊に合うと思った。「すさのを」という音も好きである。

（『左京』平成二三年）

ほととぎす出来たての塩ぬくし甘し

75

五島列島での作。具体的な場所は忘れたが、塩作りの現場を見た。六月である。

塩を炊く竈のあかあかとした火や盛んに鳴くほととぎすの声が印象的だった。

出来たての塩を舐めさせて貰った。まだあたたかい。甘い。何というおいしさ。

（『左京』平成二三年）

経を読む凡夫清盛しぐれけり

76

六波羅蜜寺での作。この寺では、何といっても空也上人立像が有名であるが、私は、剃髪して経を読む清盛座像も好きである。

権力の頂点にあった清盛も、阿弥陀仏から見れば一凡夫にすぎない。この清盛像の顔には凡夫を自覚した安堵感のようなものがあって、親しみを感じる。

初冬の雨催の日だったので、「しぐれ」の季語を使ってみた。

（『左京』平成二三年）

かぶせたる落葉を割つて炎立つ

77

近くのふるさと村での作。

普段、ガスの青い炎しか見ていない者にとって、田園地帯で見る焚火の赤い炎は何ともいえず嬉しい。

畑のそばの焚火が落葉をかぶせられて燻っていた。が、しばらくすると、「ぼっ！」と音を立てて炎が立った。拍手したい気持だった。


（『左京』平成二三年）

白網に大漁の氷魚花のごと

78

湖北・菅浦での作。一月末。ある舟小屋の前で、漁師が白い網を拡げていた。見ると、網にかかった沢山の稚魚が光っていた。魚の名を尋ねると「ひを」と答えた。ああ、これが!! 名前は知っていたが見るのは初めて。網一杯に拡がって花のようであった。「今日は大漁だよ」と漁師は笑った。(『左京』平成二四年)

鮒釣るや餌何ややかや雪に置き

79

菅浦での作。小さな港に何人もの人が隣り合って鮒を釣っていた。釣人達は着膨れて、椅子か何かに腰掛けていたが、餌や釣に関する色々な物が、直接、ごたごたと、新雪の上に置かれていた。

（『左京』平成二四年）

鳴く鳶の翼に紋や深雪晴

80

菅浦での作。かなり降り積もった雪は翌朝からりと晴れた。港のあたりを鳶が低く飛んでいた。
鳶そのものは、色々な季節に鎌倉で見慣れているのですこしも珍しくはない。が、湖を前にして、雪晴れの中で見上げた鳶の紋は際立って美しく、その声も一層澄んで聞こえた。

（『左京』平成二四年）

人もまたほぼ同じかほチューリップ

81

長崎・ハウステンボスでの作。三月末。チューリップの花壇が見事であった。一時間ほどチューリップの傍で過したが、何も特徴的なものは見えて来ない。「君達、かわいいけど、みな同じだね」と私は呟き、腰を上げて観光客の列の方へ視線を放った。その時「人間だって私達から見ればほぼ同じだよ」というチューリップの声が聞こえた。

その瞬間、この句が授かった。

（『左京』平成二四年）

お袋と言ふとき男あたたかし

82

あるファックス句会で「袋」という題が出て、それをきっかけに出来た句。
母親と男の子の関係が、世に言われるように常に親密であるとは限らない。にも拘らず男性が「お袋」という言葉を発する時、何か言い知れぬ、温かいエキスのようなものが、じわーっと滲み出るような気がする。

(『左京』平成二四年)

芒野をゆく人影や澄雄の忌

83

近くのふるさと村での作。

芒原を行く老年の男性の後姿を見た。その白髪の頭の恰好にふと師の面影を感じた。

箱根の仙石原のような、広大な芒野に通っている一筋の道には、彼の世へ通じるような雰囲気がある。

この句の場合、実際の芒原よりぐんとイメージを拡げた。

（『左京』平成二四年）

横顔の飛鳥大仏亀鳴ける

飛鳥寺での作。飛鳥大仏は日本最古の丈六金銅釈迦如来像である。この寺では、大仏をすぐそばで拝観出来る。私はその横顔も好きである。
まわりが畑地なので、夕方には亀が鳴くのが聞こえるような気がする。

（『左京』平成二五年）

花冷えの門前に買ふ飛鳥の酥《そ》

85

飛鳥寺門前での作。飛鳥寺には何度も行っているが、店に入って土産物を買ったことがない。

この時は、友人の一人が門前の店に「酥」というものを売っていることを教えてくれた。酥とは、煉乳のこと。こんなものが飛鳥時代からあったとは知らなかった。

小雨降る花冷えの日であった。

（『左京』平成二五年）

四五人の地下足袋のゆく牡丹かな

86

小

石川後楽園での作。牡丹園での作業の後、昼休みの休憩のために園丁が四、五人、目の前を通りすぎて行った。園丁達が若かったのか、彼らの地下足袋とその軽やかな足音が印象に残った。

地下足袋を詠んだのは初めてだと思う。

（『左京』平成二五年）

跳んで跳んで時には斜《はす》に上り鮎

87

「晨」の総会が近江で行われた時。六月の早朝、近くの簗場へ連れて行って貰った。観光簗ではない、本物を見るのは初めてであった。目の前で、次々に鮎が水流を駈け上る姿に、釘付けになった。

時々斜に外れる奴がいる。鮎だって、上手下手がいるだろう。競争に勝っても人間に捕まるだけなのだが……。

(『左京』平成二五年)

水うまき国や畳に昼寝して

88

ドイツ旅行から帰って自宅での作。

四十年前初めてヨーロッパ旅行をした時、パリでエヴィアンを買った。その時は、まさか日本が水を買って飲む国になろうとは、夢にも思わなかった。しかし日本は世界的にみれば今でも水うまき国だと思う。畳も日本独得のもの。

ヨーロッパは大好きだが、「にっぽんっていいなあ」なんて思っている。

（『左京』平成二五年）

異国語もごったに四万六千日

89

東京・浅草寺での作。浅草寺での四万六千日は鬼灯市もあるので大層賑わう。外国人観光客も多く、色々な言語が聞こえるが、大半は中国語。観音堂の中では、真剣に般若心経を唱えている人もいる。

色々な人々や色々な音声がごった返す中に観音様がおられて、異国人達も何となく手を合わせている。

（『左京』平成二五年）

八月や草色のもの草を跳び

90

日黒教育園での作。隅っこの草叢にしゃがんで何かいないかと見ていた。草色の小さなものが盛んに跳んでいた。飛蝗の子である。

八月はまだまだ暑いが、暦の上では秋が立ち、自然界では秋の準備が進み、新しいいのちが生れていた。そして、日本では、辛い、忘れてはならない日が続くのである。

(『左京』平成二五年)

子規の忌のタンカー太平洋へ出づ

91

浦賀水道を出てゆくタンカーを見ての作。子規は、写生という方法を洋画家の中村不折らに学んだ。親友の漱石はロンドンに留学した。子規の視野には、中国やヨーロッパがあったであろう。

子規が健康であったら、彼自身もヨーロッパへ行きたかったであろうと思った。

（『左京』平成二五年）

釣られたる鯊や蛙のやうなかほ

92

佃島での作。季節になると鯊釣の人が沢山いる。その中に若いカップルがいた。彼が釣り上げたので手の中の魚を見せて貰った。こんなに目近かに見るのは初めて。「大きな顔ですね」と私が言うと、「蛙みたいな顔してるでしょ。」と彼が言った。成程と思い、その言葉を頂戴した。

（『左京』平成二五年）

十二月とはこんなにも薔薇いろいろ

93

「港の見える丘公園」での作。十二月初め、好天の日であった。この公園には、イギリス館の前に小さな薔薇園がある。十二月だというのに、色々な薔薇が咲き誇っていた。冬薔薇とは、まだまだ言えない。
句会では、十二月の花屋を想像してもいいのではないか、という意見を頂いた。

（『左京』平成二五年）

大寒の浮島に五位流《る》のごとし

94

鎌倉八幡宮の源平池のどちらかだったと思う。鷺は好きなので川でも池でもよく見つめる。小鷺、大鷺《だいさぎ》、青鷺が多いが、たまには五位鷺を見る。醍醐天皇が五位の位を与えたのでこの名がある。品格のある水鳥である。

浮島で大寒の風に胸毛を吹かれている五位を見て、遠離の貴人を思った。

（『左京』平成二六年）

いとま乞ふ蛍袋にちよつと触れ

95

近くのふるさと村での作。

蛍袋は好きで、何度も挑戦するが、なかなか一句にならない。ある家を、客人らしい中年の女性が出て来た。暇乞いの挨拶のあと、その人は、門近くに咲いていた一、二輪ほどの蛍袋に触れた。

そのことが、なぜか心に残った。

（『左京』平成二六年）

リュックに靴吊りて順礼秋天下

96

「スペイン・聖地サンティアゴへの道」の前書き。「サンティアゴ・デ・コンポステーラ」は、大西洋に近く、ポルトガル国境に近い、キリスト教の聖地の一つである。

バス道路に沿って続いている順礼の道を、一人の男性が歩いていた。リュックに靴を吊っている。靴がすり減るので予備の靴を持ち歩くのだという。

昔の日本のお遍路達も草鞋を背負って歩いたことだろうと思った。

（『左京』平成二六年）

亡き人の大きな靴と冬籠

97

ある句会の席題で出来た句。

夫は長身だったので靴も大きかった。彼の死後、一足を残してあとは処分した。その一足の靴がなぜか頭に浮かんだ。「冬籠」という季題は余り使ったことがないので、自分としては意外な句が出来たと思っている。

席題は難しいが、たまには面白い句が出来ることもある。

（『左京』平成二六年）

今年竹黄泉より水を吸ひ上げて

98

北鎌倉・東慶寺での作。東慶寺には多くの文化人の墓があるが、いつも行くのは西田幾多郎の墓である。隣りは岩波家の墓（わかりやすい場所にあるので行く）。

幾多郎の墓前にごく小さな竹林がある。その今年竹をしみじみ眺めていて出来た。「黄泉」という言葉が出て来たのは、幾多郎の墓前だったからであろう。

（『左京』平成二七年）

草笛の「ここはお国を何百里」

99

あ る句会の席題での作。

私のよく行くふるさと村では、中高年の男性が時々、口笛や草笛を吹いている。文部省唱歌が多い。

文部省唱歌では面白くないなあ、とじっと目をつむっていると、深い記憶の底から一粒の泡のようにこのメロディが浮かび上って来た。ずい分古い歌で日頃思い出したこともない。悲しい戦争の歌である。（『左京』平成二七年）

夜の秋や夫の遺品の肥後守

100

夫は原稿を書く時、鉛筆のBを使った。それを削るのは昔から愛用の切出し（木製の柄と鞘が付いている）である。包丁を研ぐのが好きで、その小刀も研いではいない。使っていた。粗末な物ではあるが遺品の一つとして抽出しに入れている。本当は「肥後守」ではないのだが、その格調のある言葉を拝借した。（『左京』平成二七年）

大切にしている三つの事

○「虚に居て実をおこなふべし」（芭蕉）

「杉」の句会で、森澄雄は、右の芭蕉の言葉をたびたび説いた。最初は難しくてよくわからなかった。澄雄の句会での講話の中から、関連する言葉を拾ってみよう。

「僕はこれを芭蕉の一つの人生観として受け取っています。（中略）このことばを解説するのは非常にむつかしいが、『実』というのは実人生、実物と考えていい。そしてその実人生を包んでいるもっと大きな世界、それが『虚』です。」

（『澄雄俳話百題』上　永田書房　一九八四年）

「人間のいのちを八十年とすると、無限の時間と空間、つまり虚空の中にあって、わずかに一点のいのちを浮かべている存在が人間なんです。まずそういう認識を持って欲しい。またそう覚悟することでいのちを包んでいる虚空が見えてくるはずなんです。そして、その虚空を詠うのが俳句です。」

（『新・澄雄俳話百題』下　永田書房　二〇〇五年）

俳文学者、堀切実も、その著書『表現としての俳諧』（ぺりかん社　一九八八年）の芭蕉の章において、「芭蕉の『虚』とは『造化』をさすものである。芭蕉の『虚』への志向は、真に『実』を『実』たらしめるものである。」と書いている。そして、芭蕉の心象世界の形成には山水画（特に雪舟）が大きく影響しているとして興味深い論を展開している。この書も私の理解の助けになった。

上掲の芭蕉の言葉とは直接関係はないのだが、私の宇宙観とも言うべきものに、大きな影響を与えた一文がある。それは上田三四二の良寛に関する文章である（『この世この生』新潮社　一九八五年）。上田は、良寛の

　沫雪の中にたちたる三千大千世界《みちあふち》またその中に沫雪ぞ降る

の歌を掲げて次のように書く。

「沫雪の中に三千大千世界が顕現する。『中にたちたる』は、大きな牡丹雪が一粒《りゅう》、一粒、顆《たま》をなして、その顆の中に三千大千世界の納まっているのが見えるというのである。」（三千大千世界とは、古代インド人の世界観における大宇宙をさす。）又、上田はカール・セーガン『コスモス』（木村繁訳、朝日新聞社）下巻より次の文章を引いている。

「奇妙だが、忘れられない刺戟的な考えが一つある。それは、科学や宗教のなかの、きわめてみごとな考えの一つである。（中略）

その考えによれば、宇宙には無限の階層があるという。したがって、私たちの宇宙にある、電子のような素粒子は、もしなかを見ることができれば、それ自身、ひとつの閉じた完全な宇宙であることがわかるだろう。そのなかには、銀河やもっと小さな天体に相当するものが組み込まれている。つまり、はるかに小さなほかの素粒子が、ものすごくたくさんはいっていて、そのような小さな素粒子も、それ自身、つぎの段階の宇宙である。（後略）」（カール・エドワード・セーガン〈一九三四〜一九九六〉は、アメリカの天文学者、作家、SF作家）

これらの文章に強い影響を受けた私は、身のまわりの生きものや物達に対する見方が変った。

人間及びその他の物達は、宇宙に浮かぶ一点の存在にすぎず、又、一つ一つの物の中に宇宙があるという認識——この認識を心深く持って、人間や生きものや物達を詠むこと。これが私の課題である。難しいことだがそういう認識を持っていれば、今まで見えなかった世界が見えてくるかもしれない。

人間が宇宙に浮かぶ一点の存在であり、その人間が一つの宇宙であるならば（この考え方は、漢方医療の中にすでにある）虫一匹だって一つの宇宙であるだろう。そう思うと、虫も草木も、以前よりは面白く尊く見えて来たことは確かである。

○「松の事は松に習へ」（芭蕉）

この言葉はよくわからなかった。私意を離れて松を一心に観察し、松を描け、ということか。

森澄雄は、写生という言葉を好まず、「心眼で物を見よ」「虚に居るという認識なしに風景を描いても俳句にならない」などと言った。

俳句を始めて二十年ほど経った頃、他結社の人々と交流しつつ、写生という方法を探り始めた。その頃、ふとしたきっかけで大峯顯著『花月の思想——東西思想の対話のために——』（晃洋書房　一九九一年）に出会った。（大峯あきらは、哲学論文や宗教論文では本名の「顯」を使っている。）

「花月の思想」「日本的自然の系譜」等の章に特に魅かれた。その中の「芭蕉」の項で、「松の事は松に習へ」に関して、大峯あきらは次のように書いている。

「……およそ詩というものの基本条件は、自分の我を捨てて、松に習うということです。それは松をこちらから観察することでなしに、松そのものの中へわが身が入ることを意味します。松の中に入るということは、松の身になること、松の友となることだ、そうしたら本当の感情が沸いてくる。それは松自身から発源した感情です。（中略）つまり、詩とは物について人間が抱く主観的な感情の表現ではないのです。そういう『私意』を捨てたとき初めて、物自身からやってくる根源的感情というものがある。その根源的感情によって私たちの方が襲われる経験、それが芭蕉のいう詩というものです。」

この文章に打たれた。心眼で物を見るというのはそういうことだったのか。頭の中の靄が晴れたように思えた。

又、大峯あきらは、芭蕉の「乾坤の変は風雅のたね也」に関して次のように書く。

「紀貫之は和歌は『ひとのこころをたねとして』生まれるものだ、といいましたが、芭蕉の考えはそれとは違うようです。詩が出てくる一番の源泉は、人間の心ではなく、人間の心をも包むような、もう一つ深いところからだ、というのが芭蕉の考え方です。」

私は、短歌と俳句の本質的な違いは何か、ということが常に心に掛かっていたので、右の文章は一つのヒントになった。

『花月の思想』の文章に出会って以来、「松の身になる」ことを心掛けて、じっと物を見るようになった。そうすると、自然界の生きものやその他の物の存在が面白く、見飽きるということがないのである。

虚子に次の二句がある。

遠山に日の当りたる枯野かな

桐一葉日当りながら落ちにけり

初学の頃、一句目はよくわかった。自分の心象風景によく似ていると思った。が、二句目はその良さが全然わからなかった。「桐一葉」の句の良さがわかるようになったのは、二十年も経ってからだろうか。桐の一葉がありありと見え、光が見え、虚空が見えた。

虚子に又、次の一句がある。

石ころも露けきものの一つかな

朝日文庫の『高濱虚子集』（一九八四年）の澁澤龍彦の序文の中で、この句を知った。この序文を頼まれるまで、澁澤は、虚子の句は、この句と「流れ行く大根の葉の早さかな」の句しか知らなかったと言う。この序文の最後に彼は次のように書いている。

「あくせくした近代主義から目を転ずるとき、物の世界に悠々とあそぶ虚子のマニエリスティックな精神は、思いもかけぬ無限の可能性をもって見えてくるにちがいない。古いものは新しく、新しいものは古いのである。表現の世界では、そういうパラドックスがつねに起っているのだということを料簡する必要があろう。」

私は物を見つめるようになって、石が好きになった。なぜだか自分でもわからない。もしかすると、虚子の「石ころも」の句が、影響を与えているのかもしれない。

○滑稽ということ

「滑稽の本質は何か」「俳句にとって滑稽とは?」が、ずっと気になっている。

四十年程前のある講習会の休憩時間に、アメリカ人講師の一人(彼はもとブロードウエイの俳優)に「ユーモアの本質は何だと思いますか」と質問してみた。彼はちょっと考えて「自分を笑う心だと思うよ」と答えた。成程。確かにこれは滑稽の要素の一つに違いない。

自分を笑う心の俳句を、思いつくままに若干掲げてみる。

是がまあつひの栖《すみか》か雪五尺　小林一茶
着ぶくれしわが生涯に到り着く　後藤夜半
枯草の大孤独居士此処に居《お》る　永田耕衣
炎天へ打つて出るべく茶漬飯　川崎展宏
糸瓜咲て痰のつまりし仏かな　正岡子規

右の句の中で耕衣と子規の句は、単純には笑えない句である。

耕衣は阪神淡路大震災で九死に一生を得て、晩年は家族とも別れて老人ホームで暮した。掲句はその最後の句である。寂しさと人恋しさの極みに「大孤独居士此処に居る」と力んで見得を切ったところに涙の出るおかしさがある。子規の句は、周知の絶筆三句中の一句。多くの写生句の果てに、自己の最後の姿を極度に客観視し、

「痰のつまりし仏」と言い放った。「俺もとうとう痰のつまった仏になるのか。何というざまだ。」泣き笑いしている子規の声であろう。このような壮絶な句も、大きな意味で滑稽を含んでいるといえよう。

しかし、一読、にんまりして、ほっとし、苦笑してしまう句も多い。

青蛙おのれもペンキぬりたてか　芥川龍之介
鮟鱇のよだれの先がとまりけり　阿波野青畝
恋猫の皿舐めてすぐ鳴きにゆく　加藤楸邨
観音の腰のあたりに春蚊出づ　森　澄雄
両頰に墨つけふくら雀かな　川崎展宏

これらの句は、他者を観察し、ありのままを描写したところ、結果として滑稽味が出た句である。

私が思うに、人間にしろ他の生きもの（草木を含めて）にしろ、存在そのものに、不可思議と滑稽の要素は内在しているのである。それらの存在（自分をも含めて）

著者略歴

菅 美緒（すが・みを）

本名　増賀美恵子（ますが・みえこ）
1935年京都市生まれ。1957年、大学卒業と同時に神奈川県にて教職につく。学生時代、桑原武夫の第二芸術論の影響を受け、俳句には全く関心がなかったが、30代の終りに俳句に出会う。「蘭」を経て、1976年「杉」入会。森澄雄に師事。2006年「晨」に参加。2012年、「杉」退会。現在、「晨」「梓」「航」同人。

句集『諸鬘《もろかつら》』『洛北』『左京』

俳人協会会員

現住所
〒242-0007　神奈川県大和市中央林間4-7-12-704

発行　二〇一八年六月一日　初版発行
著者　菅　美緒 ©2018 Mio Suga
発行人　山岡喜美子
発行所　ふらんす堂
〒182-0002　東京都調布市仙川町一―一五―三八―2F
TEL（〇三）三三二六―九〇六一　FAX（〇三）三三二六―六九一九
シリーズ自句自解Ⅱベスト100　菅　美緒
URL http://furansudo.com/　E-mail info@furansudo.com
振替　〇〇一七〇―一―一八四一七三
装丁　和兎
印刷所　日本ハイコム㈱
製本所　三修紙工㈱
定価＝本体一五〇〇円＋税
ISBN978-4-7814-1069-2 C0095 ¥1500E

シリーズ自句自解Ⅱ　ベスト100

第一回配本　後藤比奈夫
第二回配本　名村早智子
第三回配本　和田悟朗
第四回配本　大牧　広
第五回配本　武藤紀子

以下刊行予定
仁平　勝